Los oficios de Rus

SOPA DE CUENTOS

Juan Ignacio Luca de Tena, 15. 28027 Madrid
www.anayainfantilyjuvenil.com
e-mail: anayainfantilyjuvenil@anaya.es

Primera edición, enero 2011

Diseño: Manuel Estrada

ISBN: 978-84-667-9485-5
Depósito legal: M-45106-2010

Impreso en Gráficas Muriel
C/ Investigación, 9
Pol. Industrial Los Olivos
28906 Getafe (Madrid)
Impreso en España - Printed in Spain

Las normas ortográficas seguidas en este libro
son las establecidas por la Real Academia Española
en su última edición de la *Ortografía,* del año 1999.

Pinto & Chinto

Los oficios de Rus

ANAYA

Rus era un desastre de perro.

Si alguien lanzaba un palo para que lo trajera, en lugar de ir a por él, Rus pensaba: «¡Ha tirado el palo al suelo! ¡Las cosas han de tirarse a la papelera! ¡Desde luego, este tipo es un cerdo!».

Si alguien lanzaba un disco volador para que lo trajera, en lugar de ir a por él, Rus pensaba: «¡Fíjate, los discos voladores tardan más en caer que los palos!».

Entonces, la gente ya no lanzaba nada para que Rus se lo trajera: se marchaban y lo dejaban solo.

Rus se ponía muy triste, y cuando se sentía así, lo que hacía era desenterrar un hueso y zampárselo para estar menos triste.

Todas las mañanas, a Rus lo mandaban al quiosco a comprar el periódico. Le ataban al collar una bolsa con el dinero, y en esa misma bolsa el quiosquero metía el periódico.

Pero un domingo, en vez de comprar el periódico, Rus compró un cómic de Rin Tin Tin, su héroe favorito.

Cuando llegó a casa le regañaron, y Rus se puso muy triste, y cuando se sentía así, lo que hacía era desenterrar un hueso y zampárselo para estar menos triste.

121

Si le ordenaban ir a por las zapatillas, las traía en la boca, y llegaban llenas de babas.

Entonces le regañaban, y Rus se ponía muy triste, y cuando se sentía así, lo que hacía era desenterrar un hueso y zampárselo para estar menos triste.

Rus era tal desastre que a veces no se acordaba de dónde había enterrado el hueso. Así que hizo un plano del lugar donde estaba enterrado.

Después enterró el plano, e hizo otro plano que indicaba dónde estaba enterrado el plano que indicaba dónde estaba enterrado el hueso. Luego hizo otro plano que indicaba dónde estaba enterrado el plano que indicaba dónde estaba enterrado el plano que indicaba dónde estaba enterrado el hueso.

Y así hasta que ya no sabía qué plano llevaba a qué plano, y no encontró el hueso.

Rus se sentía un auténtico fracasado, un perro inútil.

«Hoy en día es muy importante ladrar idiomas para conseguir un buen empleo», pensó. Pero Rus no sabía ladrar idiomas.

Le gustaría ladrar en inglés como un Setter Inglés, o ladrar en alemán como un Pastor Alemán, o ladrar en chino como un Pequinés. Pero no sabía, y pensaba que no tenía cabeza para aprender.

Rus se puso muy triste, y cuando se sentía así, lo que hacía era desenterrar un hueso y zampárselo para estar menos triste.

Un día, Rus pensó: «Todos los perros del mundo tienen un oficio. Yo también quiero tener uno».

Probó como perro de compañía. Estuvo con una abuelita que vivía sola, pero la abuelita se sentía más sola con la compañía de Rus que sin ella. Así que lo despidió.

Rus se puso muy triste, y cuando se sentía así, lo que hacía era desenterrar un hueso y zampárselo para estar menos triste.

Luego probó de perro policía. Al principio encontraba el rastro con su nariz color cereza, pero de repente se distraía con el olor de un pollo asado en una casa próxima, o con el olor de una tarta recién salida del horno, y abandonaba el rastro. Lo despidieron enseguida.

Rus se puso muy triste, y cuando se sentía así, lo que hacía era desenterrar un hueso y zampárselo para estar menos triste.

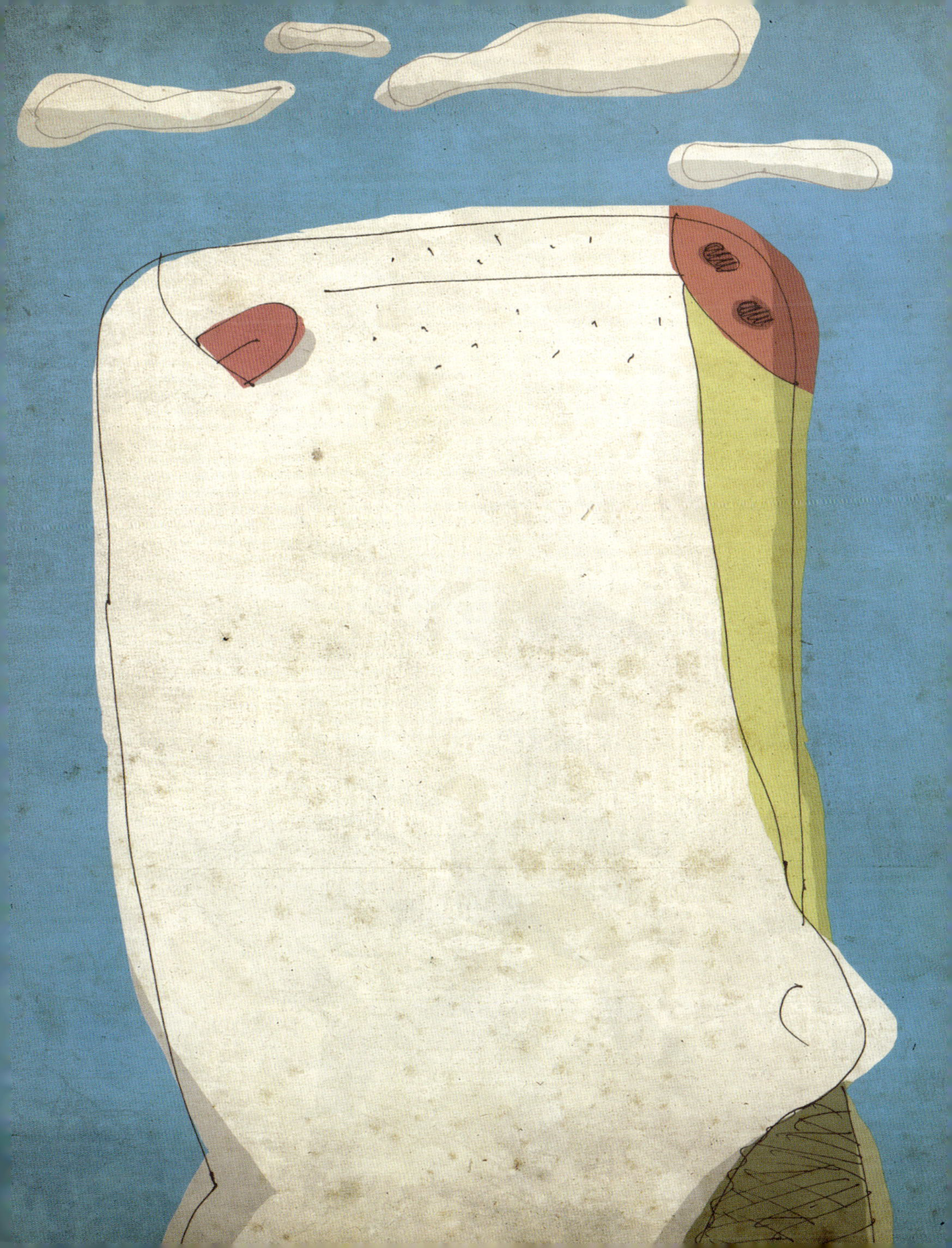

Después, probó como perro pastor. Pero las ovejas decían:

—Este acaba de llegar y ya pretende darnos órdenes. ¿Qué se habrá creído?

Y no le hacían ni caso.

Rus creía que las ovejas no le entendían. «Es que ellas hablan en *balidés* y yo hablo en *ladridés*. Son idiomas diferentes», dijo para sí. La cuestión es que el pastor lo despidió.

Rus se puso muy triste, y cuando se sentía así, lo que hacía era desenterrar un hueso y zampárselo para estar menos triste.

Entonces probó como perro de carreras. Pero estaba tan gordo de comer tantos huesos que siempre quedaba el último. La cuestión es que lo despidieron.

Rus se puso muy triste, y cuando se sentía así, lo que hacía era desenterrar un hueso y zampárselo para estar menos triste.

237

Luego probó en el circo. Nada más salir al centro de la pista, se le echaron encima todas las pulgas del domador de pulgas, y empezó a rascarse.

Al público no le pareció ninguna habilidad especial eso de rascarse, así que lo abuchearon, y el director del circo lo despidió.

Rus se puso muy triste, y cuando se sentía así, lo que hacía era desenterrar un hueso y zampárselo para estar menos triste.

Entonces probó como perro de caza. Pero las perdices le daban lástima, y las avisaba de que había cazadores cerca. Entonces las perdices huían. Y los cazadores lo despidieron.

Rus se puso muy triste, y cuando se sentía así, lo que hacía era desenterrar un hueso y zampárselo para estar menos triste.

También probó como perro guardián. Pero era tan torpe que una vez un ladrón le robó el collar, así que lo despidieron.

Rus se puso muy triste, y cuando se sentía así, lo que hacía era desenterrar un hueso y zampárselo para estar menos triste.

Rus no lograba encajar en ningún oficio. Solo le animaba un poco desenterrar un hueso y zampárselo.

La verdad es que Rus había desenterrado tantos que llegó a hacerlo con mucha habilidad.

Y sucedió que un día lo vio un paleontólogo que se dedicaba a buscar dinosaurios, quien reparó en la maña que se daba aquel perro desenterrando huesos, y lo contrató.

Al fin Rus había encontrado el oficio de su vida: ¡perro paleontólogo!

Trabajó durante muchos años, hasta que le llegó la hora de jubilarse. Ese día, el equipo de paleontólogos le organizó una fiesta de despedida, y entre todos le regalaron un hueso de plata.

Rus lo enterró, y de vez cuando lo desenterraba, lo miraba, y recordaba los buenos tiempos pasados.